VENTE DU MERCREDI 12 AVRIL 1893

HOTEL DROUOT, SALLE N° 1

ATELIER

DE FEU

L.-G. PELOUSE

Artiste-Peintre

PARIS — 1893

Imprimerie A. MAULDE et Cie, rue de Rivoli, 144. Paris.

ATELIER

DE FEU

L.-G. PELOUSE

ARTISTE-PEINTRE

D'aprés une photographie de PIRCU

L.-G. Pelouse

CATALOGUE

DES

TABLEAUX

Études et Esquisses

MEUBLES ET CURIOSITÉS

Composant l'Atelier de feu

L.-G. PELOUSE

Artiste-Peintre

DONT LA VENTE AURA LIEU

PAR SUITE DE SON DÉCÈS

HOTEL DROUOT, SALLE N° 1

Le Mercredi 12 Avril 1893

A TROIS HEURES

Par le ministère de **Me Léon TUAL**, Commissaire-Priseur
rue de la Victoire, 56

et **Me SARRUS**. Commissaire-Priseur, rue Saint-Lazare, 74

Assistés, pour les Tableaux, de **M. MANCINI**, Expert
rue Taitbout, 47

et, pour les Meubles, de **M. LASQUIN**, Expert, rue Laffitte, 12

EXPOSITION PUBLIQUE

Le Mardi 11 Avril 1893, de 1 heure 1/2 à 5 heures 1/2

PARIS — 1893

CONDITIONS DE LA VENTE

Elle sera faite au comptant.

Les Acquéreurs paieront CINQ POUR CENT en sus des enchères, applicables aux frais de vente.

A. MAULDE et Cᶦᵉ, imprimeurs de la Compagnie des Commissaires-Priseurs,
rue de Rivoli, 144.　　　1000—32047

PRÉFACE

—

Léon-Germain PELOUSE est né le 1ᵉʳ octobre 1838, à Pierrelaye (Seine-et-Oise). Ainsi que Corot, il témoigna de bonne heure des dispositions pour l'art auquel il devait vouer sa vie, mais, comme lui aussi, il lui fallut voir passer bien des années avant de pouvoir, loin de Paris, loin de ses rues remuantes et bruyantes, s'asseoir tranquillement devant un chevalet au milieu des bois, n'ayant l'œil distrait que par le balancement d'une branche chargée de feuillage, ou l'oreille éveillée par le bruit de l'aile d'un oiseau qui s'envole.

Ce ne fut, en effet, qu'en 1865, à l'âge de 27 ans qu'il put, sans avoir suivi aucun atelier, l'école d'aucun maître, produire librement et réaliser ces rêves de soleils couchants, d'arbres aux énergiques structures, de plaines, de landes mystérieuses, de longues et humides cavées, qui peuplaient son esprit de poète.

Fromentin et Vollon furent les premiers à constater les œuvres d'un futur maître dans les études que leur montra Pelouse. Il arrivait alors de Bretagne et avait été séduit par cette nature sauvage et puissante. Peut-être y trouva-t-il un peu trop de rigueur et de monotonie, car le hasard l'ayant un jour conduit à Cernay, il fut frappé par le caractère des sites qui l'entouraient, et résolut d'y élire domicile. Tous ceux qui ont parcouru ce beau et pittoresque pays connais-saient l'auberge de « la mère Léopold ». C'est chez elle que Pelouse s'installa avec sa boîte à couleurs, et c'est là qu'il rapportait chaque soir ces belles études enlevées avec une si prodigieuse habileté et qui, pour nous, valent autant que les tableaux les mieux achevés.

Bien loin de redouter l'épreuve du salon, Pelouse tenait essentiellement aux suffrages des artistes et du public; un succès excitait son courage, l'apparence seulement d'un échec en doublait ses forces.

Il obtint, en 1873, une médaille de 2ᵉ classe, de 1ʳᵉ classe en 1876, de 2ᵉ classe à l'Exposition universelle de 1878, de 1ʳᵉ classe à l'Exposition universelle de 1889; il avait été nommé Chevalier de la Légion d'Honneur en 1878.

Pendant que Pelouse ne songeait qu'à son art et peignait sans relâche, la nature qu'il aimait tant cependant, détruisait peu à peu, comme elle détruit tout ce qu'elle fait, un corps qui n'avait jamais compté avec le devoir ni la fatigue.

Poursuivi par une maladie chronique, prise très probablement au milieu de ces ombrages humides, de ces terres mouillées, où le conduisaient ses études, Pelouse, tout en constatant son mal, ne quittait pas ses pinceaux. Il luttait, fort par sa volonté, et comme on peut le constater, il n'eut pas la douleur, si cruelle pour un artiste, d'assister à sa dé-chéance; oubliant par le travail, la fin inévitable dont chaque jour le rapprochait, il produisait avec autant de verve qu'aux meilleurs jours de sa jeunesse. Le grand paysage pris aux environs de Jumièges, et qu'il terminait pour l'Hôtel de Ville, devait être sa dernière œuvre; œuvre maîtresse, peinte d'une main ferme et renfermant toutes les qualités d'élégance, d'habileté, de pondération et de poésie, qui ont fait la réputa-tion de ses meilleures toiles.

Ce fut le 31 juillet 1891 que Pelouse s'éteignit au milieu de sa famille et de ses amis. Ainsi rentra dans la nature un artiste de conscience et de haute valeur qui doit prendre rang parmi les meilleurs des paysagistes français de notre époque.

Philippe GILLE.

DÉSIGNATION

TABLEAUX

—

1 ·-- *Environs de Douarnenez (Finistère).*

H. 0^m46. L. 0^m65.

2 — *Marée basse à Grandcamp (Calvados).*

H. 0^m46. L. 0^m65.

3 — *Glacière de la Grâce-Dieu, près Besançon (Doubs).*

H. 0^m65. L. 0^m46.

4 — *Landes à Pont-Aven (Finistère).*

H. 0^m55. L. 0^m72.

5 — *Rotomago, Pont-Scorff (Finistère).*

H. 0^m50. L. 0^m76.

6 — *Environs de Cernay (Seine-et-Oise).*

H. 0^m58. L. 0^m80.

7 — *La Seine, près Pont-de-l'Arche (Eure).*

H. 0^m55. L. 0^m75.

8 — *Route des Ardoisières, à Rochefort-en-Terre (Morbihan).*

H. 0^m55. L. 0^m75.

9 — *Environs de Rochefort-en-Terre.*

H. 0^m55. L. 0^m75.

10 — *Le Quenelez-sur-Arz (Morbihan).*

H. 0^m55. L. 0^m75.

11 — *Le Doubs à Vuillafans (Doubs).*

H. 0^m38. L. 0^m55.

12 — *Pont-Aven (Finistère).*

H. 0^m38. L. 0^m55.

13 — *Le Lavoir de Graslin, à Rochefort-en-Terre (Morbihan).*

H. 0^m38. L. 0^m55.

14 — *Village de Grandcamp (Calvados).*

H. 0^m46. L. 0^m65.

15 -- *Environs de Pont-Aven (Finistère).*

H. 0ᵐ46. L. 0ᵐ65.

16 — *Près Clairefontaine (Seine-et-Oise).*

H. 0ᵐ37. L. 0ᵐ66.

17 — *Environs de Douarnenez (Finistère).*

H. 0ᵐ55. L. 0ᵐ72.

18 — *Pommiers à Cernay-la-Ville.*

H. 0ᵐ73. L. 0ᵐ55.

19 — *Hauteurs à Rochefort-en-Terre (Mor-bihan).*

H. 0ᵐ46. L. 0ᵐ65.

20 — *Sur la route de Bénodet (Finistère).*

H. 0ᵐ55. L. 0ᵐ74.

21 — *Le Plateau de Rochefort-en-Terre (Mor-bihan).*

H. 0ᵐ60. L. 0ᵐ92.

22 — *Ferme aux environs de Pont-Aven (Finis-tère).*

H. 0ᵐ65. L. 0ᵐ92.

23 — *Mare dans la forêt de Rambouillet.*

H. 0ᵐ65. L. 0ᵐ92.

24 — Environs de Cernay.

H. 0ᵐ60. L. 0ᵐ80.

25 — Vasouy, près Honfleur (Calvados).

H. 0ᵐ74. L. 1ᵐ00.

26 — Environs de Douarnenez.

H. 0ᵐ80. L. 1ᵐ25

27 — Environs de Pont-Aven.

H. 0ᵐ97. L. 1ᵐ45.

28 — La Bergerette; Grandes Eaux.

H. 0ᵐ46. L. 0ᵐ65.

29 — Roches à Carteret (Manche).

H. 0ᵐ46. L. 0ᵐ65.

30 — Bruyères, Forêt de Rambouillet.

H. 0ᵐ82. L. 1ᵐ00.

31 — Vieux Château, à Dinant (Belgique).

H. 0ᵐ38. L. 0ᵐ65.

32 — La Loue, à Vuillafans (Doubs).

H. 0ᵐ65. L. 0ᵐ76.

33 — *Environs de Pont-Aven.*

H. 1^{m}08. L. 0^{m}78.

34 — *Route de Carteret (Manche).*

H. 0^{m}48. L. 0^{m}73.

35 — *Les Coutelleries de Thiers (Puy-de-Dôme).*

H. 0^{m}46. L. 0^{m}55.

36 — *Ferme aux environs de Pont-Aven.*

H. 0^{m}65. L. 0^{m}92.

37 — *Prairies de Senlisse (Seine-et-Oise).*

H. 0^{m}46. L. 0^{m}55.

38 — *Prairies d'Arques-la-Bataille (Seine-Infé-
rieure).*

H. 0^{m}46. L. 0^{m}55.

39 — *Prairies à Rochefort-en-Terre (Mor-
bihan).*

H. 0^{m}46. L. 0^{m}65

40 — *Sous Bois, à Pont-Aven.*

H. 0^{m}46. L. 0^{m}65,

41 — *Soleil couchant sur le Doubs.*

H. 0^m46. L. 0^m65.

42 — *Le pré Canet ; Effet de matin.*

H. 0^m38. L. 0^m55.

43 — *Près Rochefort-en-Terre.*

H. 0^m38. L. 0^m55

—————

ÉTUDES ET ESQUISSES

—

44 — *A Mortain (Manche).*

Esquisse : H. 0^m38. L. 0^m55.

45 — Étude de *Fleurs.*

H. 0^m73. L. 0^m91.

46 — *A Carteret (Manche).*

Esquisse : H. 0^m51. L. 0^m91.

47 — *A Pont-Aven (Finistère).*

Étude : H. 0^m80. L. 1^m10.

48 — *A Pont-Aven (Finistère).*

Étude : H. 0m80. L. 1m14.

49 — Étude de *Moutons.*

H. 0m53. L. 0m81.

50 — *Campement de Bohémiens à Cernay.*

Étude : H. 0m50. L. 0m76.

51 — Étude à Arcier (Doubs).

H. 0m46. L. 0m65

52 — Étude de *Ronces, à Clairefontaine (Seine-et-Oise).*

H. 0m46. L. 0m65.

53 — Étude de *Roseaux.*

H. 0m55. L. 0m75.

54 — Étude de *Chardons.*

H. 0m65. L. 0m92.

55 — Étude de *Bouleaux à Clairefontaine.*

H. 0m92. L. 0m65.

56 — Étude de *Chardons*.

H. 0^m92. L. 0^m65.

57 — Étude de *Tzigane à Cernay*.

H. 0^m61. L. 0^m50.

58 — Étude de *Terrains, à Cernay*.

H. 0^m34. L. 0^m74.

59 — Étude de *Sanglier*.

H. 0^m50. L. 0^m55

TABLEAUX PAR DIVERS

JACQUE (ÉMILE)

60 — *L'Omnibus de l'Odéon*.

Salon de 1889.

LECLAIRE

61 — *Fleurs*.

MEUBLES ET CURIOSITÉS

—

62 — Meuble crédence Louis XIV, à deux portes en chêne sculpté.

63 — Bahut Louis XIII, en bois sculpté.

64 — Moucharaby formé d'une armoire bretonne à quatre portes.

65 — Table Louis XIII, à pieds tors.

66 — Devants de Coffrets gothiques, Renaissance et Louis XIII.

67 — Devant d'Armoire composé de panneaux et de statuettes en bois sculpté.

68 — Commode en palissandre.

69 — Chaises, Divans.

70 — Chevalets, Ustensiles d'atelier.

71 — Lit en fer, Ustensiles de ménage.

72 — Fusil Louis XV, à monture sculptée.

73 — Carabine Louis XV.

74 — Arquebuse à rouet, à monture incrustée
    d'ivoire.

75 — Étains anciens : Plats, Cafetières.

76 — Flambeaux en cuivre du xvi° siècle.

77 — Fontaine et son Bassin en cuivre.

78 — Lanternes anciennes.

79 — Faïences, Grès.

80 — Curiosités diverses.

81 — Lustre hollandais en cuivre.

82 — Lustre garni de cristaux.

83 — Porte de tabernacle en fer forgé.